바늘구멍에 대한 기억

바늘구멍에 대한 기억

김형식 시집

삶이 보이는 창

한동안 나는 불꽃과 마주하려 했다. 그리고 그것을 온전히 담아내지 못해 고통스러워했다. 담아내기 위하여 비워야 할 것을 비우지 못한 탓이다. 하여 또 한동안은 비워내기 위하여 안간힘을 쏟았으나 수없이 길을 잃곤 했다. 역시 고통스러웠다.

오늘도 나는 '담아냄'과 '비워냄'의 경계를 걷고 있다. 나는 그 고통을 오래전부터 사랑하고 있었을 것이다. 나에게 사랑할 수 있도록 힘을 준 모든 주변에 감사할 따름이다. 부끄럼 없이 그 길을 계속하여 걸어갈 것이다. 바람이 분다.

2006년 9월

김형식

■차례

2부

3부

4부

1부

지렁이의 노래

소멸하는 목숨들의 먹이사슬 가장 밑자리
썩는 목숨 붙들고 스스로 썩는
한줌 흙, 속에서
소멸의 실낱들 배불리 먹고
느리게 느리게 되새김질 다시 목숨 일구는
아득히 낮고 높은 시간 나, 의 시는 누구에겐가
밑

밥이었으면

양수리에서

비 내리는 어스름 낙숫물 소리 기대어 BOLERO*
듣는다

창 너머 물안개 피어오르는 강에는 물새 한 마리
하강했다

나는 나에게 주어진 어떤 접점을 생각했다

새의 부리가 수면 바로 위에서 가졌을 어떤 희망
이며

물고기의 눈이 수면 바로 아래에서 느꼈을 어떤 절
망이

안개 속에서, 반복되고 있는 무곡의 높낮이에 놓여
있는 듯했다

한때 차갑게 얼어붙거나 열렬히 불타오르던 생의
어느 지점들이

하나의 접점에서 변주되고 있었을 뿐인데, 삶의 무
게는

저 물새가 안개 속 수면에 소리 없이 내려놓은 깃
털 하나보다 가벼웠을 뿐인데

아득히 깊고 높은 희망 혹은 절망 사이에서

비 내리는 어스름 낙숫물 소리 기대어 BOLERO 듣
는다

*Maurice Ravel(1875~1937)의 곡

열대어

블라인드를 돌리면 빗살무늬 쏟아진다.

한 발 햇살 안으로 들어서면 몸을 가르는 빛.
그는 수족관 줄무늬 열대어 같다.
킬링피시와 함께 살을 말리며 온 도시. 푸른 기억
뒤편, 두고 온 열대림도 이미 옛날이 아니다. 투치족
이 후투족을 죽이고 후투족이 투치족을 죽이는 악습
의 질긴 전습. 이미 그곳에도 포크레인이 들어가고
코카콜라 간판이 세워졌다.
목마르다.
늙은 아비는 농공단지 수위를 마다하고 내년에도
어김없이 모를 낼 것이다.
넥타이를 지그시 풀어본다.

빗살무늬 한 가닥을 잡은
그의 기억 끝 편, 최루가스가 올라온다.
희뿌옇게 사람들이 몰려왔다
넥타이를 고쳐 동이는 사이 사라진다.

감촉되지 않는 진동

63층 철골 구조물 안 오후 두 시

블라인드를 돌리면 빗살무늬 지워진다.
열대어는 여전히 형광등 아래 헤엄치고 창밖 햇살
은 바람 속에서 서성이고 있다.

바늘구멍에 대한 기억

어머니는 눈이 침침하다는 말을 버릇처럼 달고 살
았다
　실 꿰는 일도 쉽지 않아 허방 짚는 모습 보다 잠이
들면

손아귀에서 구겨진 빈 담뱃갑 같은 어깨를 하고
어스름, 교보에서 종각으로 사람들이 흐른다. 혹은
낡은 구두 축 같은 마음을 끌고 사람들이 역류한다

어떤 사람들은 함께 걷지만 또
어떤 사람들은 서로 부딪친다, 그러나
모두 얼마지 않아 자신의 옷에 묻은 체온을
먼지 털듯 툭툭 털어 낸다.
그때마다

나는 바늘귀를 빗나간 실처럼 허공에 떠 있다. 어
느새
　땅 밑에서 어둠이 올라와 몸을 덮고, 무슨 까닭인
지 한겨울 질기게 매달렸던
　낙엽 한 잎, 뚝, 떨어지는가 싶더니 눈이 내린다.

저— 산맥에들녘에강물에바다에
　쏟아지는 눈,

　어머니는 다 해진 옷을 깁고 있다. 그 사이
　종로1가엔 누군가 메마르게 걷고 있다. 눈물나게
사람과

　사람, 그 바늘구멍에
　때로 폭설이 내린다.

녹슨 닻

폐항의 하루가 저물고 있다.

해지는 먼 바다, 썰물의 파도에 빛살 몇 조각 밀려
오다 스타카토로 부서졌다. 그 음계音階에 새떼 날아
들어 저마다 한 음의 빛살 발 드리우다 눈길 밖 멀어
져갔다. 어느덧

나도 따라 짚어보는 음계, 속 덩그러니
녹슨 닻 하나 드러나고 갈고리에 앉은 새 한 마리
빛살 뒤편 기억을 쪼는 듯 부리를 흔들었다.

오래 전 포구에는,
맑은 저녁놀 사이 날랜 손들이 어우러져
바다에서 갓 올라온 물고기의 은비늘처럼 신명을
쏟고
만선의 닻을 내린 아버지의 어깨에서 통, 통, 통,
저녁햇살이 튀었다.
그 햇살 밟고 집으로 향한 길 내 손엔 상처 입은 생
선 몇 마리 쥐여 있었다. 그렇게 생선국 밥 말아먹고

뼈 굵어지면서

점차 그 햇살, 포구를 에돌 무렵

느닷없이 높아진 파도에 누군가는 영영 돌아오지
못할 길로 불려가고 선주와 대거리를 해대던 아버지,

이윽고 밤 보따리를 푼 도시 차가운 달을 날품의
어깨에 이고 허청대는 나날, 혹 그 어깨 부추기기라
도 하는 날이면 내 손엔 상처 입은 생선 몇 마리, 하
염없이 파도가 일었다.

켜켜이 쌓이는 비릿한 세월 흘러 찾은 고향

쌓인 개흙에 물길 막히고

빈 갯벌 위 녹슨 닻 하나

저녁햇살 게워내는 듯 제 스스로 마냥 붉어갔다.

나는 그 강에 있다

1.
젖은 꿈속 몽정을 한다
여울마다 눈부시게 은비늘을 번뜩이는 물고기 떼들
나는 각시붕어 한 마리를 붙들고
온 몸 비틀며 네 활개 쭉쭉 뻗어
마지막 힘을 황홀히 쏟고 있었는가 불현듯

꽃은 지고
검은 강바닥으로 끝없이 가라앉는 사이
바람에 흩날리며 어둠 깊이 꽃잎은 사라지고

2.
어린시절, 샛강기슭 매화가 난분분 쏟아지는 모래
톱 위 철거 계고장이 붙은 다 기운 집 앞 강물에는
모래채취를 하던 포크레인 삽날에 형체도 없는 물고
기들이 흘러갔다. 그 물길 따라
나는 어디 쯤 흘러갔을까. 알 수 없는 것도 위안이
돼 때로 눈감고 보냈던 세월의

끝내 바닥을 드러낸 샛강, 무성한 잡풀만

들찬 바람에 나부끼고, 한바탕 비가 오려나 나는
그 강에 있다

길

해는 이미 지고 있다

발뒤꿈치로부터 뻗은
한때 길 위 꽃잎이며 애벌레 하나, 길 밖 숲이며
새 지저귐까지 경이롭게 드리웠던
생의 긴 그림자
빌딩 안이거나 밖 혹은 자동차 바퀴, 전광판 뉴스
에 깔리어 이윽고 어둑어둑 사라져가고

그 길엔 바람만
스산하다

고갯길,
뒤돌아보며 하나 둘 천지 가득 아늑한 그러나
면— 불빛, 무수한 생들이 저 불빛 아래 따스한 것이
냐 묻다 비틀,

다시 뒤돌아 길 재촉하면
짧은 일몰 속 어둠 성큼 다가와 발목 붙잡고 끊긴
길로 이끌어 갈 때

깜깜 벼랑 끝이거나 혹은 까마득한 하늘
별빛 한 줄,
살아왔던 날 그 숱한 그림자 가슴 깊이 묻은 채

저 길 어디쯤
빛나고 있을 것이냐

해질 무렵, 강가에서

무릎 아래께를 스쳐 새 한 마리 아득히
멀어져간 종적蹤迹을
늦가을 저무는 빛살과 바람이 좇고 있다.
강물은 생의 낡은 무릎 속으로 흐르고
여울마다 쿨룩―쿨룩 몸살 앓던 기억을 뱉어냈다.
새가 앉았던 자리엔 수풀들이 갈색으로 눕다
문득 다가선 어스름에 깊어갔다.
사위를 지워가는 시간, 빈 하늘
정지한 듯 머물다 행방 없이 사라지고
보이지 않는 곳
내 몸 돌았던 꽃의 흔적, 새 한 마리
멀리 날지 못하고 까마득한 울음
쏟고 있다 아, 오래도록 젖은 상처

우두커니 먼 하늘, 어두워가는 강물을 보고 있었다.

초평지草坪池*

노을 지는 자리마다 흔들리다 잦아드는 수풀 사이를 헤집던 어둠이 쌓여갔다. 눈길 끝에선 먼 산 능선 타고 오르던 해거름 마지막 몸부림하듯 빛나다 홀연 산을 넘어갔다. 이때 물고기들이 물 밖 차고 올라 오랜 수몰水沒의 폐허를 게워냈다.

누군가 저편 산 중턱 등불 켜고 길 서둘러 희미해져갔다. 그 뒤로 어둠 아득히 깊어간 산, 어린 짐승 울음처럼 숨 가쁜 듯 바람 불고 내겐 은빛 물살 밀려왔다. 그리운 빛, 다시 사위를 휘둘러본다. 망망茫茫 검다. 낚시 드리운 끝없이 깊은 여백 속, 무엇 하나 건질 수 있을까 빈손

아랑곳없다 나, 살아오는 동안
스스로 무거워진 몸 벗지 못했다
초평지 어둠 저편 오래도록 두리번거린다

*충북 진천군 초평면 소재 저수지

낙엽의 노래

한때
푸르게 빛나던 마음
떠나갔음을 안다.

한겨울 추위 속에 틔워
더운 피로 헹구어 햇볕에 걸면
몸살 나게 돋던 꿈 벌써
떠나갔음을 안다.

잎맥마다 서리가 쌓이는 가을 밤
휑한 가로등 빛
옷깃 여미고 제 집 찾는 사람들
흰 뼈들을 들여다보는 사이

천근千斤, 무거운
마음 떠난 빈 몸으로
지상을 뒹구는
행려의 노래 한 자락
아프게 듣는다.

부음

언제부터 달려왔을까
이 어둠, 낯익다

너의 소식 듣고 황망히
고갯길 지쳐 넘는데

눈앞에서 길이
비틀리다 구겨져 눕고

길 잃은 산짐승 한 마리
룸미러 속에서 할딱거리기도 했다

그 사이 만나지도 못할 너
만나러 가는, 生이 흔들렸다

멈출 수 없는 다시는 돌아갈 수 없는
이 어둠, 낯익다

새벽강, 오랜 뒤안의

한 치도 발을 움직여서는 안 됩니다.
무릎을 굽혀서도 안 됩니다.
서 있는 자세 그대로 반듯하게
서서히 몸을 뒤로 눕히십시오.
그리고 평안하게
뒷사람에게 모든 걸 맡기십시오.

믿음보다 먼저
흔들렸던 무릎, 한 뼘 뒤로 빠진 발.

무르익는 격정의 술판 뒤로 하고
우리는 새벽강으로 내려왔다
따뜻한 너의 입맞춤 그러나
흔들렸던 무릎이 갈대숲 이슬에 닿아 시려왔다.
반듯하게 너에게 가지 못한 아픔, 나는
떨고 있었다.

강물 흐르듯 세월 가고
메마른 생 견디다 홀로 새벽강 낚시 드리우면

아가미로부터 뻐끔뻐끔 토해지는 불꽃, 오랜 뒤안의
  슬픔 물끄러미 바라보다
  검은 강물에 풀어놓고 안개 젖어 돌아오는 길
  푸른 빛살들 생의 낡은 무릎에 닿아 시리다.
  한 생명을 품었던 물새 한 마리 헐벗은 가슴, 속으
로 날아들고

경계

그가 무상 속으로 사라졌다
검은 액자에 갇힌 그
초상 뒤 또 다른 초상이 있다
그가 무상 밖으로
한마디 던진다.
"잘 살아라, 개자식."

사람들이 왁자지껄 고깃점을 입 속에 넣는다.
"에라 광光 내놓는다."
알전구 밑, 사람들
화투장을 쪼이며 내뱉는다.
"잘 갔네, 개새끼."

초상 뒤 초상 물끄러미
광光 바라보다 고개 돌린다.
저 산,
저 산 앞 안개 강,
생생히 검은 입 속으로 들어가는
고깃점,
산,

그리고 안개

밤샘 술타령하다 사람들
안개에 싸여 있다.
이윽고 가까이 내려 온 산
산 속에 갇힌 고깃점, 육신이
새벽 빛살에 흰 뼈들을 푸르게 노출한다.

개미에 대한 기억
—구인광고판 앞에서

　벽돌 등짐 지고 일렬종대 경사진 철판 오르는 인
부들

　폭염의 신축공사장 앞 한 아이가 쪼그리고 앉아 골
똘하다
　힐끔 보니 제 몸 몇 배의 벌레를 물고 부산한 개미
떼를 작은 막대기로 헤집고 있다

　어린 시절 비 젖어 학교 마치고 돌아온 나에게 아
버지는 술 받아 오라 득달같이 성화를 부렸다 그 길
로 비안개 속 헤매다 소름 돋은 몸 밤 깊어 슬며시
집에 들면 좁은 방안 코고는 소리 술 냄새가 온 몸에
달려들었다 뒤척이다 들은 잠, 눈을 뜨면 쪽창으로
쏟아지던 맑은 햇살 아버지는

　없다. 부재가 남긴 평안
　몇 번인가 개미떼를 헤집던 나른한 기억

　가을 운동회 인간피라미드 매스게임, 가장 밑자리
등 받침 하던 나는, 아버지가 쓰러졌다 달려간 응급

34

실 그 후
　오랫동안 길 위에 있어야 했다.

　불현듯 일어난 아이가 개미떼를 짓이긴다. 순식간 사방으로
　허리가 잘려 바동거리는 흙에 묻혀 허우적거리는
신발 밑바닥에 붙은 혹은 흔적조차 없는

　生, 황급히 앰뷸런스 빠져나가고
　아이 떠난 자리 다시 모여든 개미떼 부산하다.

　내 앞엔 먼지 덮인 구인광고판
　땡볕 받아 히죽 웃음 터트리듯 빛나고 있다.

등대

모든 풍경이 스러지고 있었다

갈퀴를 세운 검붉은 파도가 갯바위에 부서지고
칼바람이 해거름 몇 조각을 흩뿌리며 벼랑 위 숲을
흔들었다

아직 목숨 붙어 있는 것일까
새의 부리에서 물고기가 희미하게 바들대는 듯하고
폐선의 다 기운 깃대에선 낡은 깃발이 나부꼈다

나도 모르게 쫓아온 어둠은
내 발 밑에서
내게 주어진 모든 풍경을 지워갔다

그 사이 누군가 검은 벼랑, 숲을 걸어나와
이제라도 바다로 뛰어들 듯한 벼랑 위 불빛 하나를
내걸었다

2부

새벽 3시 반

너의 이름 지우는 동안의
모든 순간 무감한 고통

곰곰 들여다 보면

너의 이름 새기는 동안의
온통 붉게 일어선 고통

의, 시간

물 한 잔 마시고

시를 쓴다.
물 한 잔 입에 담고 곰곰이 씹는다, 시를
다른 맛이다

달고쓰고시고떫고맵고짜고 갖은 맛에 익어
살아가다 그 숱한 목마름 무엇으로 풀었을까 그리고
어떻게 내 앞에는 맑은 물이 놓였을까

다시 물 한 잔을 마신다
깔깔한 혀끝을 돌아 몸 속 구석구석 갈증을 삭인
물은

이윽고 다시 흘러 나와 몇 걸음씩 서로에게로 다가
가 강이 되고
강은 언제나 슬픔으로 끓어 넘치다, 끝내 투명하다

맑은 물,
또 한 잔 입에 담고 곰곰
사람을 본다

어머니

감추고 싶은 그러나 한번은 좋은 볕 아래 말리고 싶은 흉터 더듬다, 속으로 속으로 기어들어 갈 수 없을까 혹 그 상처의 시간 거슬러

태아의… 자궁의…

생각하다, 한잔 술 깊은 밤, 아득한 어둠 한 움큼 쥐고 오른 비 젖은 귓갓길 심야버스, 지친 하루 꾸벅 잠으로 게슴츠레 쫓다 어리둥절 갈길 가늠하다, 때로 지워진 길 위에서 곤두박질 집 찾아가는 길 헤아리다 보면

흉터 스스로 길을 내어
젖은 몸을 끌고 가고 있다.

아, 어머니

눈물

오랜 병고 끝 어머니는
새털처럼 가벼워 보였다

한 생의 굴곡을 염장이는
빠르게 넘나들었다 웅크린 몸을
반듯하게 펴고 세상과 소통했을
모든 통로를 막고 마지막 옷깃을
여미는 손놀림까지

한 순간에 나는 텅—
비워졌다 아니 아득히 무거운
허공 짊어지고 휘청였다 눈물은

미처 내려놓지 못한 당신 삶에
한 방울도 듣지 못하였다
눈물은 당신 스스로 발원發源하여
육신을 붙든 식솔의 손끝에서 흘러나왔다

한없이 가벼워진 몸 두리번거리며 식솔의
어깨 위 드리운 허공 움켜쥔 마지막 길의 무게가

이윽고 관棺 뚜껑을 닫았다 아! 나는 당신의

그 오랜 병고였다

산재정선병원

그의 눈으로부터 쏟아지는
검은 빛살이 섞갈려 휘돌고 있다

탄가루가 박힌 폐,
마지막 헐떡대던 숨의 검은 연기가
빛살로 쏟아지면서
오래 전 먹빛이 된 그의 몸을 둘러보다

꽃잎파리 하나, 풀 한 포기, 나무 한 그루
눈길 닿는 자리마다 검게 칠하며
첩첩 산이며 굽이치는 강줄기, 높은 하늘로 무한히
팽창시켜 마침내 끝 모를 미궁의 어둠으로
살아있음을 호명해갔다

그 부름 비켜 갈 수 있을까
살아있는 자마다의 어둔 세상 더듬거리다
감당할 수 없는 끝자락 검은 리본 둘러놓고
한 점 고기를 먹고 꾸벅잠에 빠진

칠흑 어둠으로

싸락눈 들고
그는 치열을 활짝 드러내
웃고 있다

민들레

창창한 봄 햇살 폐사택 검은 루핑 밟고 가다
모래바람에 부서져 흩날리는데

한때 막장 인생 붙잡고 흥청댔을
쑥대밭 속 흔적만 남은 탄炭재 위

우리 큰형 겨운 목숨 아직 거기 있는가
진폐 앓던 세월 맑은 숲에 들어 쉴 일이지

어쩌자고 꽃이 펴도 그 자리인가
우리 형수 검게 탄 가슴속인가

차마 젖는 봄꿈처럼
목숨이란 염치없이 그렇게 질긴 것인가

재개발지구 1

키 큰 고목 밑 여린 단풍나무
느닷없이 닥친 찬바람에 휘청대고 있다

햇볕 한 줌 없는 그늘 깊은 곳
채 초록도 채울 수 없이 계절의 끝에 서서

한편 말라가고 한편 단풍드는 뒤틀린 시간,
아우성치며 뽑혀나가는 어둠 속

누군가 그 단풍나무 곁 낮은 지붕으로
휘청휘청 몸 눕혔다

그 사이 타워크레인 꼭대기 불빛이
깜박 점멸하며 신축 아파트 몇 동을 들었다 놓았다

재개발지구 2

한낮 무심히 밝힌 외등이 비에 젖고 있다

오가는 사람 없는 골목길 만복슈퍼 처마 밑
소주를 마시던 중늙은이 혼잣말을 삼키다 허정거
리며 사라지고
빗발만 외등 아래 검푸르게 빛나고 있다

오래도록 듣는 빗방울
차마 젖지 못하고 막다른 골목으로 내몰리는

떠나간 곧 떠나야 할
서까래 내려앉은 집 부서진 살림이며
'세입자 주거대책 마련하라' 희미한 벽글씨며
쓰레기더미 속 도둑고양이에 쫓기는 새앙쥐 한 마
리며

이윽고 내 안까지 듣는 빗방울
떠나가는 뒤편에서 우두커니 눈길 뻗는 정적 속 그
치지 않는 울음소리,
내겐 무슨 막다름이 있었나

그대,
한낮 무심히 밝힌 외등이 비에 젖고 있다

구절초

회벽을 타고 흘러내린
녹물, 사이사이 적막 내려앉은
인적 끊긴 산자락 밑 아파트 몇 동

그보다 더 낮게 산발한
폐사택 검은 루핑천 뒤흔드는
늦가을 소슬바람 몇 가닥

흐르는 시간, 한때 몸 뜨거웠을 탄炭재들
스스로 허물어져 이룬

깊은 가슴 속
구절초 한 송이

살아가는 동안
오래도록 폐허 사이에서

여름 한철

길, 묻기 위해 들어선 시골 구멍가게
중늙은이 마루에 걸터앉아 벽에 기대어 졸고
선풍기는 타이머가 다한 듯 덜덜덜 잦아들어갔다
천장엔 파리 떼 덕지덕지 붙은 새까만 끈끈이 미동
없고
입구의 느티나무 그악하던 매미 울음도 돌연 뚝ㅡ,
멈췄다
일순간 처마를 짧게 비껴 내려꽂힌 땡볕 독기를 뿜다
환히 가게의 정적을 들었다 놓았다
모든 것이 정지한 것만 같은 시간의 틈
괜히 들어섰다 싶어
기척을 할까 망설이며 힐끗ㅡ, 살피는데
손길 없이 먼지에 묵히고 있는 중늙은이 앉은 곳이
어느 순간 삶이 놓일 자리인 것만 같았다 그 흔들
림 속
파리 한 마리 날아들고 중늙은이 콧잔등 간질이다
손사래에 내몰려 그만 끈끈이에 붙어 퍼덕였다
그저 지나쳐질 수 있는 자리, 여름 한철 길 위에서
목이 말랐고, 나는 누구에겐가 간신히 헛기침을 쏟
아냈다

버드나무 순례

처음 그 버드나무를 본 것은 지난 겨울이었다.

늦은 밤, 신산했던 하루일 발걸음 에돌다
아파트 단지를 들어설 때였다.
세찬 겨울바람 한껏 기세를 높여, 귀 기울이니
버드나무 한 그루 잎새 없는 가지들
바람 끌어안고 제 몸통 후려치는 소리였다.
옷깃 여미고 잠시 멍멍하게 심사心思가 더
사나워졌는지 시원해졌는지 모르게
듣고 있다 집에 들었다.

그 후, 겨울 한철을 버드나무에 다가가
바람에 찢겨 거칠어진 마음
담금질하듯 후려치다 발길 돌리곤 했다.
그런 날이 계속되다 혹 거르기라도 하면
무언가 꼭 해야 할 일을 빠트린 것만 같이
헛헛해 잠자리를 뒤척여야만 했다.

그렇게 한 겨울 버드나무 들락거리며
간신히도 벼랑 끝을 걸었던 것일까.

그 겨울 지나온 빈 풍경의
한 순간도 녹지 못했던 가슴 뜨거움,

새삼 버드나무
물오르는 소리 듣는다.

산행 1

너럭바위 앉아 땀 훔치는 사이
물소리에 몸 기댄다. 돌 틈 헤집으며
빚어내는 소리가 입술에 닿는 소금기를
말끔히 씻는 듯하다. 뒤뚱, 계곡으로 내려와
얼굴 문지르려 손 안 가득 담았는데
덩그러니 꽃잎 한 잎 맴돌고 있다. 하여
다시 손을 물에 담그는 순간 바람 일고
꽃잎 몇이 몸을 던진다.
바람 한 줄에 상처받는 꽃, 넌지시
그 아픔 받아 안아 낮은 곳으로 흘려보내는 물줄기
눈길 보내다, 산길에서도 무겁기만 하던
마음자락 물에 얹는다. 마주치는
꽃마다 길을 열고, 길 따라온
물소리 소금 절은 몸을 씻기고 있다.

산행 2

하산길 무거운 발걸음 허청대다
덩—, 하는 한 소절 저녁 예불 종소리를 붙잡고 멈
춰 섰다

가만, 귀 세우니 종소리는
수풀 사이며 바위 틈 계곡 물 속에 잦아져
가부좌를 틀고 묵언에 드는 듯하다

넌지시 몸 가다듬으며 묵언 속 밟아 가는데
산길에서도 내려놓지 못하고 삼켰던 말들
온 산 끌어안고 기우는 저녁 빛살에 사위고 있다

순간, 덩—, 하는 종소리 내 안에서 울리고
비지땀 흘리던 산행을 벗는 듯, 나는
비로소 몸 가볍다

관계

산 오르다 가파른 절벽, 바위 틈 꽃 한 송이 본다
듬성 드러난 뿌리들 안간힘쓰며 매달려 있느라 붉다
아니다 바위들 서로 엉켜 꽃 한 송이 붙드느라 거
뭇 속 탄다
아니다 그 풍경 하나 가슴에 간직하느라 온 산 황
홀히 푸르다

바람에 흔들리면서 비에 젖으면서 바위 틈
한 곳 붙박여 온 산 흔드는
꽃 한 송이

산이 눈부시다

음미吟味

겨우살이풀 뿌리나 장미꽃 망울을
차茶로 음미하려면
그늘지고 축축한 땅이나 한껏 달은 오뉴월 볕에서
채취하여
한동안 지긋이,
모진 기운을 빼야 한다.

실낱 같은 숨결 뻗는 뿌리내림이나
더는 어쩔 수 없는 물오름이
쫓던 어둠과 빛, 그 필생의 그악함이
자칫 독毒으로 몸을 해할 수 있기 때문이다.

하여 뿌리는 볕에서 망울은 그늘에서
한동안 비워낸 후
어둠과 빛과 생명의 숱한 장벽 드나들 수 있도록
몸 열어 놓고 그윽하게 짚어 나가야
비로소 음미되는 것이다.

굽이굽이 어둠살 빛살 채우다 비우다
돌아가는 우리, 육탈의 자리
한잔 차의 향과 맛에 아늑히 젖을 수 있는 것이다.

3부

복

자네, 복 먹어 봤겠지
서울 복은 복도 아니여
여그 한번 내려오게나
복맛이 기가 막히네
왜 그런지 아나
내장 독이 들어가거든
참말로 복이 제 맛을 낼라믄
이 독이 있어야 하네
혀가 굳어질 듯 말 듯
극소량의 독
허허 이 맛 잘못 들이면
좀더 좀더 하다가
해마다 한두 사람은 죽어나가
그래도 이 독 없으믄
얼매나 싱거운지 아나
뭐 사는 게 괴로워
두말 말고 한번 내려오게
내 복 맛 한번 톡톡히 보여주지

공양
―명동, 1998 여름

어스름 짙어가는 사이 퇴출 동화은행부터 건설일
용공노조, 민주노총, 삼미특수강 천막까지
　저녁밥거사들이 가부좌 틀고 빙— 둘러앉아 가운
데 찌개냄비보살과 합장을 나누고 있다.
　더운 밥, 뜨거운 찌개가 만나 소신공양 한창인데
　뒤질세라 채 저녁을 준비 못한 실업자연맹 솥단지
가 들썩들썩 요동을 친다.

세한 풍경

구인광고 뒤적이다 막막함 추스르려 나선 집 앞
'위험 공사중' 붉은 줄 안 살얼음 위
빵 조각 앞에 둔 떠돌이 개, 보았다

살얼음 깨뜨릴 듯 깨뜨릴 듯
먹이 앞으로 발을 뗄 때마다 갸우뚱— 쏠리는 몸,
의 무게가

으스스—
구직서류 연신 밀어 넣는 간절함처럼

결빙점 아래로 개의
목을 이끌고 갔다.

그때 칼바람 불어오고
줄에 꿰인 '위험' 펄렁이고 살얼음 흔들리고

떠돌이 개 컹— 컹—,
짖어댔다

길 위의 집

이삿짐을 꾸리는 손끝이
아카시아 꽃잎을 흩뿌리고 있다

초등학교 시절
아카시아 꽃 한아름
어린 누이에게 달려가던 허기진 날들 속
아버지는 돈 벌러 서울로 떠나기 전
모래톱 위에 집을 세웠다

곧 이어 장마가 들고
어머니의 산통이 깊어갔다
어린 누이와 처마 밑에 앉아
불어가는 강물만 바라보던 어느 날
집이 기울다 허깨비처럼 주저앉는, 그 사이
어머니는 길 위에 아이를 낳고 쓰러졌다

어린 누이와 다시 세운 모래톱
그 집에서 산고에 눈 먼 어머니와 유아가
애벌레처럼 웅크리고 자기 생을 기워가는데, 나는
집이 벗어 던질 허물만 같아

오래도록 서울 하늘에 종주먹질이었다

이삿짐을 꾸린다
모래톱 같은 셋방살이
낡은 세간을 정리하던 아내가
흐린 날 속에 아카시아 흰꽃처럼 웃고 있다

살아가는 동안

암수술 후 야윈 몸으로
차롓상에 무릎 꿇은 아버지의 뒷모습을 본 이후

사람의 뒷모습에 자꾸 눈길이 갔다, 그때마다
가을 깊어져 금빛 은행나뭇잎 우수수 쏟아내는데

누군가 나에게 오래도록 눈길 주고 있었나
불현듯 목덜미가 서늘해 뒤돌아보면

나는 얼마나 멀리 떠나온 것인가 아득한 곳에서
시린 눈길로 바라보는 아버지가, 서 있다

봄밤

계속되는 한잔 술 흔들리다 자정 무렵 귀가

일주일 전쯤 베란다 화분에
뿌린 적치마상추 불현듯 떠올라
물 한 사발 들고 나가보니
푸석한 흙먼지 속 떡잎을 밀어 올리고 있다

희뿌연 달빛 실가닥 바람 한 줄
언제라도 말라비틀어질 것 같은 여린 떡잎
헤아려보니 봄 가뭄 황사바람 겹친 나날들

갓 돌 지난 딸아이의 기침소리 잠 못 들고
다독다독 배를 쓸고 있을 아내는 얼마나
흔들렸을까 하는
생각 또 마음 흔들리며

깊어가는 봄밤

집

하루일 지친 곤한 잠 속
어머니가 굽어보고 있다.

생을 달리한 당신의 눈길을 붙잡다,
잠 밖으로 끌려나와
어둠 속을 떠다니는 몸
생각하면 본래 집 자궁 속 같은

미명未明의 시간,
아파트 유리창으로 이따금씩 환했다
사그라지는 자동차 불빛의 간격이 빨라지고 있다
또 하루의 가난한 노동을 위해
시동을 켜듯 몸을 일으킨다.
그 아래

젖가슴에 대한 그리움 손가락 빨며
온 방안을 떠다니다 머리를 벽에 찧고
앙— 울기를 되풀이하던
갓 돌 지난 딸아이의 잠이 놓여 있다

어느 새 일어난 아내가
아이의 잠을 굽어보고 있다

섣달그믐

제 몫의 남루를 앞에 놓고
못 떠난 귀향길 한잔 술로 깊어갔다
바람막이 투명비닐로 눈송이가 미끄러지고
인적 드문 고갯길은 살풍경이다
화로 앞 주모의 느릿한 손놀림에
꼼장어는 지글거리며 오그라들고
사람들은 저마다 낮게 웅크리며
묵묵 눈 쌓인 거리로 눈길 뻗었다
한달음에 달려갈 듯한 길
쓸쓸한 취기에 들끓고 있는 것일까
섣달 그믐밤 깊고 먼데 찢겨진 천막 틈에서
사나워진 눈발이 윙윙거리다 머리카락을 헝클고
남몰래 눈물처럼 흘러내렸다
모두 겨운 적막 속 다문 입가에서도
살아감의 남루함은 남루함으로
어울리다 망연해 눈발에 묻혀갔다
하나 둘 어느 뒷골목 실낱 같은 비탈길 찾아
자리를 털고 일어서는 사이
또르륵─, 한잔 술을 더 따랐다
서울의 눈이 술잔 속으로 내려앉다 지워지며
가슴 깊은 곳으로 쌓여갔다.

음식맛

우리 동네 시장 어귀 예순을 훨씬 넘은 할머니 간판도 없는 작은 식당을 하고 있는데 그 집 된장 맛하도 좋아 한 번 맛 본 사람은 꼭꼭 제 어머니 맛이라 한 마디씩 하고 자릴 뜬다 하기사 객지생활 고달픈 사람들 구수한 된장찌개에 담긴 어머니 사랑만큼좋은 게 또 있을까 어쩜 사내들 음식 솜씨 좋은 계집타령은 혀끝에 녹는 음식맛보다 가슴 속 깊이 어머닐 그리는 것인지도 몰라 숟가락도 들기 전 흠흠 코를 벌름거리며 주름 많은 눈웃음짓는 남루한 사내들에겐.

2001 민중대회 후기

봄빛, 격정을 못이긴 마른 가지가 뚝뚝 관절을 꺾고 있는 광화문

지하보도였다 삼삼오오 생존권을 외치다 들이닥친 진압경찰, 쫓기고 있었다 몇 발자국 뛰다 짐짓 태연하게 터벅터벅 발걸음 옮기다 뒤돌아 몸을 돌리는 순간이었다 기둥 아래 누군가 벌떡 일어나

걸음아 날 살려라 냅다 뛰었다 이미 시위대는 군중 속에 숨 고르며 틈을 보던 중이었다 살풋한 긴장 찰나의 정적, 발소리만 지하도 천장에 마주 울려 컸다 일제히 군홧발 소리가 화답하며 사내를 뒤쫓는다 몇 걸음 옮겼을까 어깻죽지에 진압봉이 내려꽂히는 순간이었다. 돌아서는 모습 화들짝 놀란 전경 황급히 손을 놓는다

혹한의 겨울 지나온 노숙의 새까만 얼굴 희끗 드러난 누런 이빨 사이
몸통을 가까스로 빗겨간 진압봉이 포물선을 그리며 날아든

짧은 봄 일순간 정지된 허공, 으로부터

한 잎 꽃이 떨어지고 있다.

강물처럼
―담사 강희대 선생님 영전에

흐르는 강물을 바라보며
오래도록 서 있어 보았는가
강물 따라 마음 흘려보내다가
강물의 매운 숨소리 몸 젖어
낮은 자리, 더 깊이 낮은 자리로
몸 낮춰 유장 흘러보았는가
검은 강바닥 켜켜이 쌓인
사람의 뼈아픔 굽이굽이
사무쳐, 애끓으며 필생을 던져
부둥켜안고 흘러보았는가
그렇게 끝없이 내려앉으며 흘러가며
뒤돌아보면 감당키 어려운 숱한 그리움의 무게들
가벼운 듯 가벼운 듯 눈길 한번 주지 않고
스스로 어둠 파고들어 생명 틔우는 일
겁 없이 치달아 보았는가
풀잎 끝 이슬 한 방울
천 길 벼랑 밑으로 낮게 낮게 굽이쳐
큰 강을 이루듯 인간의 대지를 품듯

그물

파도가 높아 며칠째
민박집 정씨 생계는 포구에 묶여 있다.
마음의 때 하나하나 떠나보내려 나선 나와
바다로부터 쫓겨온 정씨와
나누는 술, 섞이는 비린내

파도, 높게 낮게 출렁이는 그 간격마다 그물 놓는
정씨
　어느 날 그물 따라 마누랄 바다로 보냈다
　그물 감긴 마누라가 몇 번이고 부침하는 사이
　그는 끝끝내 바다에 몸을 던지지 못했다
　어린 자식들 두고 한날 한시 그물에 감겨 마누라와
갈 수 없었다,는 말
　한잔 술이 출렁인다. 오늘도 출항 못한다

　갑자기 수족관 속 주꾸미가 먹물 찍― 쏘고 몸 감
춘다
　깊은 술, 새벽 안개가 알전구 밑을 빠져나간다

봄, 햇살

곡예하듯 지나간 버스 뒤
모래먼지 속 용접불똥이 튀고 있다

그 길 위, 누군가 허기 메웠을 스테인리스 찌개그
릇 밥그릇
불똥마다 붉으락 푸르락 빛을 머금다

쇳가루 찌든 작업복, 첫 눈에 코리아드림을 쫓아왔
음직한
그 사내 허리 한 번 펼 때마다

밥그릇에 "쩡"하고 맺히는 봄 햇살
현기증 일었을까 눈 시리었을까 한 줄 눈물 돌았
을까

사람 다니는 길이 따로 없는
영세공장 밀집한 삼정동 옛길부터 떠나온 고국까지

먼―, 봄

슬픈 똥

"똥아 안녕! 잘 가"
양변기 물을 내리는 순간
세 살배기 딸아이 엉뚱스레 인사한다
거름되어 민들레꽃 피운다는
아침녘 읽어준 『강아지 똥』*
떠오른 모양이다
빙그레 아이 마음 짚다보면
잘 먹고 굵게 똥싸고 또 그 똥
잘 먹힌 것들에게 되돌릴 수 있다면
그보다 좋을 수 없다, 흐뭇하다가도
양변기에 앉아 이 생각 저 시름
실 가닥 같은 똥 서둘러 인멸煙滅하는
나는,

나의 슬픔은
무엇인가 똥에게 묻는다

*권정생의 동화

살람 알라이 쿰*
—서기 이천삼년삼월이십일

그 날 어스름
평화놀이방에서 다섯 살 딸아이를 찾아
집으로 가는 길이었다

유리가게를 지날 때 미사일이 하늘을 가르고
아이 손을 지긋이 다잡았다
몇 걸음
인형가게에 한눈 파는 사이 폭음이 유리창을 흔들고
아이 등을 '어서 가자' 떠밀었다
또 몇 걸음
닭고기를 먹고 싶다는 치킨집엔 도시가 불타고
아이 손을 잡아채 잰걸음 옮겼다
다시 몇 걸음
전자오락실을 지날 때 융단폭격 쏟아지고
아이를 품에 안아 서둘러 고갯길 올랐다
가쁜 숨 내쉰
디지털플라자 폐허 속엔 비명들 난무하고
잠시 아이의 눈망울을 바라보았다

맑은 눈, 따뜻이 붙드는 짧은

순간 모래바람 불고 불기둥 솟고
집은 뒷걸음치며 아득히 달아나고 품속 옹그린 아
이는 작아지다
푸드덕 새가 되어 지상을 떠나가고
남은
아이의 체온, 뜨겁게
모래집 된 가슴

어느덧
피 흘렸다

그 날, 어스름, 평화놀이방, 집으로 가는 길, 위에

*살람 알라이 쿰 : 당신께 평화가 함께하기를

기계와 노동자

십년 넘게 철판을 내리찍던 프레스가
고철로 실려갔다.

삼십여 년 쇳가루밥 내리눌리던 이씨가
함께 얹혀갔다.

그들은 떠나가기 전 몇 번
서로에게 황홀히 젖어
왕년의 저력을 보이기도 했다. 그러나
"저것들— 별일이네." 속말을 삼키기도 전
이내 관절이 빠진 듯 천식이 깊은 듯
덜거덕덜거덕 헛돌다 그르렁그르렁 밭은 숨을 토
해냈다.

공장철문을 나서며 주춤, 그들은
찍고 눌리던 생의 무게가 그리운 듯
작업장의 소음과 먼지를 넌지시 훑어봤다.

쓸쓸한 입부조가 가는 길에 더해졌고
봄볕이 눈부셨고 이내
아른아른 묻혀갔다. 그들은

4부

쓸쓸함에 대하여

새끼손톱 옆 돋은 거스러미 신경 세우다 무심결 물
어뜯었습니다 깊었는지 한 방울 피 손톱 위 번져옵
니다 제법 아립니다 한참동안 마음 쓰여 손가락을
어루만집니다

세월 흐르는 대로 젖어가면, 쓸쓸함은 나도 모르게
돋은 손거스러미 같습니다 오랜 버릇처럼 물어뜯습
니다 조용히 가슴 시큰합니다 또 몇 날 밤잠 못 이룰
듯합니다

당신에게도 무슨 거스러미 같은 것이 있어 문득 물
어뜯으리라 생각 깊습니다 그 아린 아픔 나에게 주
오 한마디 말 못하고 새가 날아간 허공만을 바라보
는 날들이

차마 가고 있습니다 꽃밭에는 꽃이 피고 있습니다.

미시령

이 짐 언제 다 부릴 것이냐

산은 첩첩이고
바다는 한눈인데

누가,
아득한 때에
이 재 오르다
生, 훌쩍 벗고 떠나갔을까

늙은 여자가 있던 자리

불볕의 골목 끝 등나무 아래
무릎에 아이들 눕혀 놓고 속옷차림 늙은 여자 몇
성긴 부채질로 다문다문 옛 시간 돋우고 있다

스르르 잠든 아이 하나
잠결에 허기졌는지 빈 입 다시다
젖무덤 헤쳐 늙은 시간 오물거리는데

천연덕 드러났던 쭈그렁 젖퉁이
되려 아이의 물오름 빨아들이는 꽃망울처럼
조금씩, 어느 사이 불그스레 봉긋 솟는다

그 모습 놀라 홀연 떨어지며 감싸는 잎사귀,
푸른 등나무 아래 차마 환한 자리 곁눈질하다
눈 시리어 보니 늙은 여자 간 데 없고

아이의 새우등 굽은 깊은 잠 속
하냥 꽃이 피고 지는 것일까
벙긋대던 입가 나비 한 마리 노닐다 간다

애련

다 묻었으리라.

꽃,
피고 지고
못 잊어 맴돌다
아, 깜깜한 길 젖은 바람
맞다 지천으로 후—두드득 흩뿌려져
제 아무리 도리질해도 감감 묻었으리라
고개 처박았는데

다 아문 상처마다 바람 들고
기어이 갈 때까지
저승꽃 눈부셔라

땅 속 죽어서도
돋아 또다시 삭아가는
사랑니
하나

노래

언제 불러보았을까
입 속 맴돌다 가뭇없이

묵묵

지하도를 오르다 빛살에 쏘이거나
지하도를 내려오다 어둑함에 젖은
눈길, 그 계단마다

밑도 끝도 없이 돋다가 사위는
못갖춘마디 한 가락, 더듬어보면

사랑을 하고 사랑을 잃은
뜨겁게 눈멀었던 빛과 어둠의

미처 다 부르지 못한 겨운 한 대목
어느 사이 굽이굽이 길목마다 따라와

무심결 고개 들어 바라보게 하는
치명致命에 이르지 못한 가없은 열망, 生

봄날은 간다

어느 틈에 없는 것일까
너를 부둥켜안는데 그만 허공이다
그 사이 내 몸 환히 비웠을까
나도 그만 허공이었다
그 곳으로 무한히 빨려드는 난분분 꽃잎들
모든 사랑, 본래, 한꺼번에, 허공뿐이었나

그렇게
경계 없어 아무 길도 없고
너를 부둥켜안으려 뻗은 아득한 손길의 잔상殘像만
무수히 빛살에 반짝이다 바람 속으로

간다 아주 잠시간의
그 절명絕命 다시는 못 올 날들로 흔들리며
봄날은 간다

사랑

내 일상의 어느 한순간
나비 한 마리 사뿐 날아듭니다
땡볕 속, 길목마다 풀꽃들 잠 깬 듯 기지개를 켭니다
그 사이 냇가의 수양버들 마른 잎 홀연 떨어집니다
물 속 바위 곁 고요하던 버들치가 그 모습 쏜살같
이 무느라 물방울이 튑니다
찰나에 여린 물살 가볍게 몸 흔들며 작은 바람을
일으킵니다
흔들림은 바람 따라, 물 따라 흘러갑니다
나도 따라 흘러갑니다
숱한 여울 몸 뒤척이다 문득 바다 한가운데입니다
적요하고 막막 깊어져 그대에게 마음 뻗습니다
점차 잔물결이 높아지고 있습니다.
짐짓 나는 산란하게 부서지고 있습니다
사납게 바람 몰려오고 곧 큰비 들이칠 것 같습니다.

그대 생각하면
나비 한 마리 사뿐 날갯짓한 자리
텅— 비고, 텅 빈자리 폭풍우가 몰려옵니다

발을 씻으며

그대에게 달떠간 사랑
어느 사이 각질뿐이다

아리도록 문지르다, 보면
부르튼 발 아래 쌓인 세월의 못 부스러기

검은 하수구로 흘려보내며 생각한다

처음, 그대 설레며 달려온 부푼 사랑
생의 또 다른 한편에서 나로부터 얼마나 힘겨웠을까

살아가는 동안 한번은 그대의 발을 씻으며
달떴던 내 발길이며 벅차던 그대 가슴 처음처럼 꿈
같은 날이,
그런 날이

있을까, 그대와 내가 흘려보낸 세월 검은 하수구 속
한바탕 속절없는 날들 가고 있는데

한 걸음 한 걸음 눈부신 봄날 서로에게 견딜 수 있는

어지럼 같은 사랑, 그런 날이
없을까

어둠 들기 전

유심히 봤지만 듣지 못했다
일그러진 얼굴에 핀 밝은 웃음 빛나는 눈동자
전철 안 남녀 손짓대화 보는 나도
하루일 피곤 벗는 듯 좋아 흠뻑 빨려들었지만
아무것도 듣지 못했다
답답한 마음 아쉬움 더해, 보면
볼수록 마음 환해지다 끝내 다가갈 수 없음에
깜깜해지는 사이 손짓 멈추고 수줍은 듯
그들이 나를 봤다 엿들으려 했던 것
민망해 눈길 돌리니 차창 밖은
지는 햇살 안은 채 불그레했다 아니
모든 풍경이 그 손짓 따라오다
붉어졌으리 생각 깊어지면
철로변 풀잎은 풀잎에 겨워, 풍경은 풍경에 겨워
흔들리고 몸짓 뜨겁다 어둠 들기 전
그대에게 다가서는 몸
새삼 뜨겁고 달뜨듯 가볍다

꽃이 피다

갓 돌 지난 아이 낮잠 자다
온 몸 뒤틀며 네 활개 힘껏 뻗는데, 하—

손가락 마디마디가 움찔움찔
발가락 마디마디가 옴싹옴싹
선홍색 피 날쌔게 몰리어 터질 듯 붉습니다

그 피 한 방울 창밖 햇살 흠뻑 젖어
황홀히 눈길 뻗는데, 하—

해빙의 숨가쁨이며
신생의 들끓음이며
빛살 닿는 자리마다 겨운 듯 뜨겁습니다

내 몸 속 웅크렸던 시간들
어느덧 수선합니다.

목련꽃 피고 지는 사이

몇 날째 봄비 불현듯 개인 오후 한 뼘쯤 커튼을 열자
울컥, 빛살 쏟아진다

반半 발 비켜 커튼 뒤 몸 숨기고 내려다보는 창밖
시간 멎은 듯 한적하다 그 시간 속으로

움,씰,— 움씰,— 아기가 걸음을 연습하고 있다 그
모습 환하여 눈길 주는데 아기는 없고, 빈터에 눈 찔
리다 다시 보는 그 시간 속으로

투,둑,— 투둑,— 흰 웃음 터지고 있다 그 소리 가
까워 귀 세웠는데 웃음은 없고, 빈터에 귀 막히다 다
시 듣는 그 시간 속으로

살,랑,— 살랑,— 꽃분향 흩어지고 있다 그 냄새
황홀해 코를 벌름거리는데 분향은 없고, 빈터에 코
문드러지다 다시 맡는 그 시간 속으로

후,둑,— 후둑,— 불현듯 눈물이다 그 마음 어쩔
수 없어 담으려는데 눈물은 없고, 빈터에 온몸 사그

94

라지다 다시 가누는 그 시간 속으로

　울컥, 빛살
　쏟아진다 그 시간 속으로

섬진 팔십리

섬진 고운 햇살 아래
어와— 어화 붉은 만장 앞세워 춤추듯 상여 나가는
길을
뒤늦은 부조, 미안타 나타난 바람
상여꾼들 두건을 일제히 훌러덩 벗겨
맑은 물길에 떨어뜨린다

그 모습에 막 망울 터진 꽃들이
물길 따라 쿡쿡쿡쿡 웃음을 참다
미처 삼키지 못한 웃음 터져
하하하 하하하
지천으로 퍼진다.

그 웃음 한 자락
부지런한 일벌이 물어
미처 웃지 못한 꽃에게 전하고
또 그 일벌을 잡새가 물어
아름드리 둥지, 짝짓던 새에게 묻히는 사이

그 모습 푸르게 지켜본 산이

껄껄껄 껄껄껄

봄날, 상여 나가는 길목
따라나선 피붙이들 곡소리가
물길 따라 흘러간다.

슬픔

사뭇 무겁고 흔들릴 때 바다로 달려가 끝없이 눈길 뻗습니다. 어둔 바다는 더 없이 사나워 막막 그지없습니다. 어느덧 동터오고 몸 속 환히 밝아오는 듯, 헤아려 보면 그대입니다. 언제부터인지 누구인지도 알 수 없지만 몸 안 어둔 깊은 곳 그대 웅크리고 있었다는 것 새삼 놀랍고 뼈아픕니다. 슬픔은 한 움큼 쥐었다 편 손가락 사이 모래알처럼 흘러내리고 몸은 한껏 뜨겁습니다.

그 뜨거움 어루만지며 나는 덧없음과 새로움을 잇는 팽팽한 현絃이 되어갑니다. 그대는 손길도 없이 현을 켜고 그 음音의 높낮이 참 무심히도 걷고서야, 높낮이의 경계가 같은 현 위에서 진동하고 있었음을 깨닫습니다. 비로소 흔들림은 자분자분 가라앉고 몸 또한 가볍습니다. 붉게 타오르는 하늘로 새떼 날아들고 무던하게 그 모습 지켜봅니다.

더없이 그대 무겁고 흔들려 이 바닷가 서성일 즈음, 눈길 끝에 머문 새 한 마리로 그대의 현 위를 날아가고 싶습니다. 그것이 나에게 주어진 지상의 어느 한 지점, 옹이진 몸을 푸는 간절한 슬픔입니다.

그대의, 뒤란을 걷다

—폐사지에서

그저 묵묵 서성여봅니다

오래도록 겨를 없어 황량함

하나 마음 두지 않고

그냥 서성입니다 행여 무슨 흔적 없을까

두리번거리지 않고 아주 가볍게 흔들리며

사뭇 서성입니다 혹, 돌탑 하나

거친 세월 더듬고 있다 해도 아, 그 세월의 균열
사이

기우는 돌탑 받치다 부서져 흘러내리는

그대 숨결 밟혀와도

하냥 서성입니다. 마음 담을 게 무엇 있나요

아마도 잠시 들른 것뿐일 텐데

하물며— 하물며— 애끓음 밀어내며

그대 뒤란, 상처도 폐허도 사라진

적막의 자리 무심히도 빛살 여울지는데

참 잠깐 동안의, 속절없이

그저 묵묵 서성여봅니다.

겨울, 포구에서

그대가 강이 되어 흘러왔다는 것을
포구에 닿아 알았다.

처얼썩—,
고개는 먼바다로 돌렸지만
검은 강바닥을 거슬러 오르는 눈길 속
뜯겨나간 은비늘, 채 아물지 않은 상처가
시리다.

더듬더듬 헤아리는 길
두터운 얼음장을 녹이던 햇살이, 타는 가슴 적시던
풀잎이, 호젓이 위로하던 깊은 밤 달빛이, 한 생명을
포용하던 안개가, 안개가
있는 것일까, 아니 높은 산 큰 바위를 타다 천길
벼랑으로 떨어지고 있는 것일까, 세찬 여울로 부대
끼다 봄 여름 가고 깊은 가을로 잔잔하게 흐르고 있
는 것일까, 혹 그 길에서 길을
잃은 것은 아닐까

겨울 포구, 송곳처럼 날을 세운

바람맞다, 천천히 생채기를 소금물에 담그고
또르륵ㅡ, 알전구 밑 한 잔 술

망망 바다로 흘러가는 그대 귓가의
파도소리가 따습다

푸른 뼈, 사이에

불빛 한 가닥이 집요하게 점멸하고 있었어. 방파제에 부딪쳐 오른 바닷물이 혀끝을 깔깔하게 감돌았지. 축축이 젖은 머리카락, 바람 따라 수초처럼 나풀거리다 한 움큼씩 썰물을 타고 흘러가는
　새벽녘, 눈두덩을 문지르다

　　결코 자유를 꿈꾸지 않았다는 걸 알았어, 아니
　팔목이 깊게 패이도록 누군가에 결박당하고 싶어
　했을 거야. 그러나 그 누군가가 없어서 나는 치명
　적인 절망은 하지 않았어, 오히려
　　필사적으로 도망치고 있었지. 이상하게도 절망
　은 그 도주의 발걸음 속에 견고한 똬리를 틀고 흡
　반을 붙이고 있었지.

갯벌에 파닥이는 물고기를 발견했어. 몇 번을 차고 오르다 이내 잦아졌지. 나는 그 물고기가 귀를 갯벌에 대고 땅속 깊은 기억을 회상하고 있다고 생각했어. 마치 가묘를 지어놓고 뗏장을 어루만지며 뻐끔뻐끔 중얼거리는 노인네처럼.

희부옇게 동이 터오고 새 한 마리가 낙하하고 있었
지. 그러나 그 새가 쪼는 것은 이미 석회질로 굳어
가는 푸른 뼈, 사이에 남은

　슬픈 生, 기억의 파편뿐이었어.

엄숙한 소멸의 시간과 신생에의 의지

임동확(시인)

　김형식의 시세계는 얼핏 보아 무한한 생성의 큰 흐름 속에서 '신생' 보다 '소멸'의 과정 쪽에 기울어져 있다. 새롭게 성장하고 생장하는 것보다 일견 낡거나 버려진 것들에 대해 더 깊은 눈길을 던지고 있다. 그리고 이것은 시간적으로 '해질 무렵'이나 '노을', '섣달 그믐'이나 '가을 밤' 등과 같은 소멸의 시간대에 대한 편중으로 나타난다. 또한 공간적으로 '폐사지'와 '폐사택', '폐항'과 '재개발지구' 등 잊혀지고 소외된 삶의 현장에 대한 관심으로 표출된다.

　그렇다고 그가 찬란했다고 믿는 과거의 영광에만 매달리는 회고주의자라거나 지나가버린 시간에 대한 저항감 내지 상실감에 젖어 있는 허무주의자라고 말하는 것은 아니다. 물론 부분적으로 그러한 점들이 눈에 띄지만, 분명한 것은 그의 이러한 소멸의식이 신생의 의지와 결코 고립되어 진행되지 않는다는 점이다. 한때 빛나던 '이전'의 시간으로 되돌아가서

그것에 생명력을 부여하려 한다는 점에서 끊임없는
생멸변화를 근본으로 하는 생성의 세계와 공통성 내
지 연속성을 이루고 있다고 할 것이다.

> 불볕의 골목 끝 등나무 아래
> 무릎에 아이들 눕혀 놓고 속옷차림 늙은 여자 몇
> 성긴 부채질로 다문다문 옛 시간을 돋우고 있다
>
> 스르르 잠든 아이 하나
> 잠결에 허기졌는지 빈 입 다시다
> 젖무덤 헤쳐 늙은 시간 오물거리는데
>
> 천연덕 드러났던 쭈그렁 젖퉁이
> 되려 아이의 물오름 빨아들이는 꽃망울처럼
> 조금씩, 어느 사이 불그스레 봉긋 솟는다
> ─「늙은 여자가 있던 자리」 일부

위 시에서 "무릎"에 "아이"들을 "눕혀 놓고" 잠재
우고 있는 "늙은 여자"들은 이른바 생산성이 거세된
여성들이다. 특히 그녀들은 현재이고 미래적인 시간
보다 "옛 시간" 또는 "늙은 시간"과 밀접하게 관련된
존재들이다. 하지만 "한 아이"가 그녀의 늙고 쭈그
러진 "젖무덤"을 "오물거리"며 "빨아들이는" 순간,
놀랍게도 그녀의 "쭈그렁 젖퉁이"가 "불그스레 봉긋

솟는" 기적이 일어난다. 그저 지나치기 십상인 늙고
폐허화된 죽음과 소멸의 시간을 "빨아들이는" 동안
"꽃망울"같은 생명과 신생의 힘이 현현한다.

　김형식의 시 속에서 소멸의식은 그렇듯 "무상"(「경
계」)이나 "정지된 허공"(「2001 민중대회 후기」)을 뜻
하지 않는다. 일차적으로 그것은 그 소멸 또는 폐기
의 시간 속에서 계속 유지되고 보존될 가치가 있는
것들을 찾아다니는 행위와 무관하지 않다. 일견 낡
고 뒤처진 것들이라고 생각되는 것들을 폐기처분하
거나 청산해가는 것이 마치 진보인 양 치부되거나
위장되고 있는 현실 속에서 "한때 몸 뜨거웠을 탄炭
재들"과 같은 "폐허"의 시간 속으로 되돌아가서 "스
스로 허물어져 이룬"(「구절초」) 것들에 생명력을 부
여하려는 의지와 맞물려 있다.

　길, 묻기 위해 들어선 시골 구멍가게
　중늙은인 마루에 걸터앉아 벽에 기대어 졸고
　선풍기는 타이머가 다한 듯 덜덜덜 잦아들어갔다
　천장엔 파리 떼 덕지덕지 붙은 새까만 끈끈이 미동없고
　입구의 느티나무 그악하던 매미 울음도 돌연 뚝―, 멈췄다
　일순간 처마를 짧게 비껴 내려꽂힌 땡볕 독기를 뿜다
　환한 가게의 정적을 들었다 놓았다
　모든 것이 정지한 것만 같은 시간의 틈
　괜히 들어섰다 싶어

기척을 할까 망설이며 힐끗―, 살피는데

손길 없이 먼지를 묵히고 있는 중늙은이 앉은 곳이

어느 순간 삶이 놓일 자리인 것만 같았다 그 흔들림 속

파리 한 마리 날아들고 중늙은이 콧잔등 간질이다

손사래에 내몰려 그만 끈끈이에 붙어 퍼덕였다

그저 지나쳐질 수 있는 자리, 여름 한철 길 위에서

목이 말랐고, 나는 누구에겐가 간신히 헛기침을 쏟아냈다

―「여름 한철」 전문

"길"을 "묻기 위해 들어선" 퇴락한 "시골 구멍가게"의 풍경과 "중늙은이"의 행동을 매우 정밀하게 그리고 있는 이 시에서 "나"는 순간 "모든 것이 정지"한 것만 같은 착각에 빠진다. 때마침 "타이머가 다한 듯" "선풍기"가 "덜덜덜"거리다가 "잦아들어"가고 "그악"하게 울던 "매미"마저도 "돌연" "울음"을 그친 "정적"의 세계에 들어간다. 그러면서 "어느 순간" "미동"조차 "없"는 그곳이 마치 자신의 "삶이 놓일 자리인 것만 같"은 환상에 빠지기도 한다.

하지만 별다른 움직임이나 변화도 없는, 정적인 "시간의 틈" 속에서도 "중늙은이"의 "손사래"에 그만 "파리가" "끈끈이에 붙어"버리는 사태가 발생한다. 그냥 "지나쳐" 갈 수도 "있는 자리" 또는 무의미한 시간 속에서도 미약하나마 예측 불가능한 사태가 일어난다. 부정적이든 긍정적이든 간에 모든 것이

정지하거나 멈춰 있는 것 같은 "여름 한철"의 "길 위
에서"도 생사를 결정짓는 "흔들림"이나 자신도 알
수 없는 그 어떤 생의 목마름을 느낀다.

그런 만큼 김형식의 시적 소멸의식은 결코 수동적
이나 부정적인 것이 아니다. 그 "덧없음"과 "새로움"
은 서로 다른 것이 아닌 "팽팽한 현"(「슬픔」)으로 이
어져 있으며, "멎은 듯 한적"한 "창밖"또는 "빈터"의
"시간"은 모든 것이 "사그라지"는 동시에 "다시 가
누는" 생성의 "시간"(「목련꽃 피고 지는 사이」)과 맞
물려 있다. "내게 주어진 모든 풍경을 지워"간 "나도
모르게 쫓아온 어둠"은 단지 삶의 상실이나 시간적
공허를 뜻하는 것이 아니라 비록 "바다로 뛰어들 듯
한 벼랑 위"에 "불빛 하나를 내걸"(「등대」)게 하는
힘으로 작용하고 있다는 점에서 분명 전체적 생성
과정의 한 부분과 맞물려 있다.

> 어느 틈에 없는 것일까
> 너를 부둥켜안는데 그만 허공이다
> 그 사이 내 몸 환히 비웠을까
> 나도 그만 허공이었다
> 그 곳으로 무한히 빨려드는 난분분 꽃잎들
> 모든 사랑, 본래, 한꺼번에, 허공뿐이었나
>
> 그렇게

경계 없어 아무 길도 없고

너를 부둥켜안으려 뻗은 아득한 손길의 잔상殘像만

무수히 빛살에 반짝이다 바람 속으로

간다 아주 잠시간의

그 절명絕命 다시는 못 올 날들로 흔들리며

봄날은 간다

　　—「봄날은 간다」 전문

　　"나"는 "사랑"을 갈망하며 "너를 부둥켜안"는다. 하지만 "어느 틈에" "잠시간"에 벌어진 절체"절명絕命"의 "사랑"의 순간은 "너"뿐만 아니라 "나"에게마저도 부재하거나 "허공"으로 남는다. 하지만 그 부재 또는 허공 속에는 "다시는 못 올 날들"과 동시에 아직 도래해야 할 근원이 자리 잡고 있다. 특히 "본래" 또는 "한꺼번에" "허공뿐이었나" 하는 일련의 회의와 의구심 속에서도 과거의 "모든 사랑"의 시간은 공통적인 것을 구축하는 힘으로 작용한다. 비록 "너를 부둥켜안으려 뻗"은 "손길"에 "아득한" "잔상殘像"만 남아 있음에도 불구하고, "사랑"은 단지 "허공"으로 머물지 않고 영원한 것을 증대시키고 "나"의 존재를 혁신시키는 원동력으로 작용한다. 무엇보다도 짧기만 한 그 "사랑" 또는 "허공"의 "봄날"은 "바람 속으로" 전진하며 새로운 지평을 연다. 하지만 그 새로운 지평은 "경계"가 "없어" "아무 길도 없"는, 여전히 환원 불가능하거나 접근 불가능한 상태로 남는다. 그리고 그 지평은 주체 앞의 풍경을 일관성 있는 총체로 만드는 것과 동시에, 또한 무수한 가능성에 노출되어 있는 까닭에 늘 "흔들"릴 수밖에 없다.

　김형식의 시가 자주 '경계' 또는 '접점'을 탐색하거나 그 주위에서 동요하고 있는 모습을 보여주고 있는 것은 바로 이러한 사실에 연유한다. 자신이 "멈출 수"도, 그렇다고 "다시는 돌아갈 수"도 "없"(「부음」)다고 생각하는 현재적 시간은 다름 아닌 "부재가 남긴 평안"(「개미에 대한 기억」)과 동시에 "한편"으로 "뒤틀린 시간"이 "깜박 점멸하며" "아우성치며 뽑혀나가는"(「재개발지구 1」) 순간이기도 하기 때문이다.

　　　비 내리는 어스름 낙숫물 소리 기대어 BOLERO 듣는다

　　　창 너머 물안개 피어오르는 강에는 물새 한 마리 하강했다

　　　나는 나에게 주어진 어떤 접점을 생각했다

　　　새의 부리가 수면 바로 위에서 가졌을 어떤 희망이며

물고기의 눈이 수면 바로 아래에서 느꼈을 어떤 절망이

안개 속에서, 반복되고 있는 무곡의 높낮이에 놓여 있는
듯했다

한때 차갑게 얼어붙거나 열렬히 불타오르던 생의 어느 지
점들이

하나의 접점에서 변주되고 있었을 뿐인데, 삶의 무게는

저 물새가 안개 속 수면에 소리 없이 내려놓은 깃털 하나
보다 가벼웠을 뿐인데

아득히 깊고 높은 희망 혹은 절망 사이에서

비 내리는 어스름 낙숫물 소리 기대어 BOLERO 듣는다
—「양수리에서」전문

현재 "나"에게 "주어진 어떤 접점"은 일견 적대적
인 관계에 있는 "새의 부리가 수면 바로 위에서 가졌
을 어떤 희망"과 "물고기의 눈이 수면 바로 아래에서
느꼈을 어떤 절망" 사이에서 발생한다. 또한 "차갑
게 얼어붙거나 열렬히 불타"올랐던 "생의 어느 지
점"에 대한 회상에서 온다. 하지만 여기서 중요한 것

은, 필시 그 어떤 생의 기억 또는 추억에서 발생했을 서로 다른 감정이 "하나의 접점에서 변주되고 있"다는 사실에 있지 않다. "반복"저으로 "부곡" "BOLERO"를 "듣"는 동안 "깃털 하나보다 가벼웠을", "아득히 깊고 높은" 그 무엇이 문득 현전했다가 금세 사라져 간다는 사실이 중요하다.

달리 말해, 그가 음악을 듣는 동안 만난 "어떤 접점" 또는 "지점"의 체험은, 다름 아닌 생의 "희망"과 열정, "절망"과 회의가 수렴되는가 하면 질서 밖으로 이탈하고 있다는 사실에서 기인한다. 즉, 어느 순간 "무곡의 높낮이에 놓여 있"다는 생각을 "가졌"던 상반된 감정들이나 일종의 무아지경에서 "느꼈"던 어떤 생각이나 단상은, 바로 그 순간을 제외하고 시간적 소실로 다가오기에 "삶의 무게"는 지극히 가볍거나 무가치한 것으로 느껴지게 만든다. 하지만 이와 동시에 바로 그 순간은 분절할 수 없는 시간의 끊임없는 움직임이 예측 불가능한 그 무언가를 예시하거나 창출하는 순간이기도 하다.

김형식이 여타의 민중시인 또는 노동시인들처럼 성급하게 전망을 내세우거나 단호한 분노의 목소리를 내는 대신 그의 시 속에서 자주 망설이거나 "지상의 어느 한 지점"에서 "서성"(「슬픔」)거리는 모습을 보여주는 이유도 여기에 있다. 즉, 그가 바라고 열망하는 세상은 결코 확정적이거나 객관적인 시간을 타고 오는 것이 아니다. 또한 그는 더 이상 역사 진행의 일방향성 또는 비가역성을 믿지 않는다.

> 너의 이름 지우는 동안의
> 모든 순간 무감한 고통
>
> 곰곰 들여다 보면
>
> 너의 이름 새기는 동안의
> 온통 붉게 일어선 고통
>
> 의, 시간
>
> —「새벽 3시 반」 전문

위의 시에서 "너의 이름"을 "지우"거나 "새기는 동안" 다가온 "고통"이 "무감"한 것이든, "온통 붉게 일어"서는 기억이든 "모든 순간"은 이완과 수축, 부재와 현전의 구성적 운동에서 자유롭지 못하다. 즉 문득 "너의 이름"을 떠올리는 순간, '나'는 자신을 가장 멀리 떨어진 시공간 속으로 기투企投함과 동시에 '지금' '여기'의 절대적 시간 속으로 스스로를 몰아세운다. 다시 말해, 시적 화자가 대면하고 있는 '새벽 3시 반'의 "시간"은 다가올 장래와 과거의 지평 사이에서 벌어진, 특정 시점時點을 위치시킬 수 없는 어느 한 순간의 시간적 파열과 연결되어 있다. 단적으로 김형식의 시적 전망 또는 지평은 한 방향으로 고정되거나 정지된 것이 아닌, 시간의 끊임없는 움직임 속에서 스스로 드러나는 어떤 사태 또는 힘의 발현과 밀접하게 관련되어 있다.

김형식이 "감추고 싶은 그러나 한번은 좋은 볕 아래 말리고 싶은 흉터"를 "더듬"(「어머니」)거나 "햇볕 한 줌 없는 그늘" 또는 "어둠"(「재개발 지구 1」)에 주목하는 것도 이와 무관하지 않다. 단지 그것은 과거의 기억 자체를 환기시키거나 소외된 현실을 고발하고 폭로하는 차원에 머물기보다, 그와 반대로 그 속에 불가사의한 세계의 부름 또는 항상 미완성으로 남는 그 무엇을 찾고자 하는 열망과 관계되어 있다. 또한 그가 "넥타이를 고쳐 동이"며 "최루가스가 올라"오는 "기억"의 저 "편"(「열대어」)을 바라보거나 "그 겨울 지나온 빈 풍경"(「버드나무 순례」)을 "그윽하게 짚어 나가"고자 하는 것은 그 "육탈"된 "자리"에도 아직 말해지지 않는, 그러나 "음미"해야 할 "아늑"한 "향과 맛"(「음미吟味」)이 있다고 믿기 때문이라 할 수 있다.

그래서 김형식은 좀처럼 미래에 대한 성급한 기대나 낙관적 전망을 내보이지 않는다. 대신 그는 "막다른 골목으로 내몰리"거나 "빗발만 외등 아래 검푸르게 빛나고 있"는 그 "뒤편"에 "눈길"을 "뻗"(「재개발

지구 2」)고 있다. 또한 "오랜 뒤안의/ 슬픔"을 "물끄러미 바라보"(「새벽강, 오랜 뒤안의」)거나 "야윈 몸으로" 세상의 완력에 "무릎 꿇은" "사람"들의 "뒷모습"에 "오래도록 눈길"을 "주고 있"(「살아가는 동안」)다. 그리고 이것은 "몇 번"의 "부침"에도 불구하고 지울 수 없는 과거의 기억이나 아픔이 끊임없이 미래의 시간적 "그물"망 속으로 "몸"을 "감"추거나 "빠져나"(「그물」)가는 것을 의미한다. 동시에 늘 새로운 현실의 생산 또는 전망의 점진적인 탐색에는 시간의 힘 속에 있는 불확정성 내지 불안정성이 숨어들어 있다는 것을 뜻한다.

따라서 그가 "생존권을 외치다 들이닥친 진압경찰"에 "쫓"긴 바 있었던 어느 "시위"(「2001 민중대회」)현장을 떠올리거나 필시 어촌에서 "만선"의 기쁨을 누리던 어부로 살았으나 "고향"을 떠난 후 "도시"에서 "날품"을 팔아야했던 "아버지"(「녹슨 닻」)를 회상하는 것은 단지 그가 민중 지향적이고 진보적인 세계관의 소유자여서가 아니다. 얼마간 그런 요소들이 일정하게 작용하고 있다는 것은 부인할 수 없는 사실이지만, 다른 한편으로 그것은 "산길에서도 내려놓지 못하고 삼"(「산행 2」)켜야 했거나 "무겁기만 하던" 과거의 "상처"(「산행 1」)나 아픔에 대한 반성과 성찰 없이 올바른 미래도 없다는 그의 신념과 연결되어 있다고 할 수 있다. 실존적인 차원에서 바람

116

직한 사회 또는 미래상은 "나는 얼마나 멀리 떠나온 것인가"(「살아가는 동안」) 하는 질문과 더불어 대사회적인 차원에서 "감당키 어려운 숱한 그리움의 무게들"에 대해 "눈길"(「강물처럼」)을 주는 데서 온다는 것을 가리켜 주고 있다.

그러한 김형식에게 우리가 마주하고 있는 세계는 전망이나 활력이 결여된 배경들이 아니라 매 순간 "해빙의 숨가쁨"과 "신생의 들끓음"(「꽃이 피다」)이 새로운 것들을 창조하는 시공간이다. 또한 모든 부재 내지 소멸이 그 자체로 끝나는 것이 아니라, 충만과 신생의 보완물로 작용하고 있는 세계이다. 그런 까닭에 그는 "길에서 길을/ 잃"(「겨울, 포구에서」)는 사태를 두려워하지 않는다. 때로 "모래톱 위에"세운 "집"처럼 "기울다"가 "허깨비처럼 주저앉"(「길 위의 집」)을 수도 있지만, 그럼에도 "치명적인 절망"(「푸른 뼈, 사이에」)에 빠져들지 않는다. 무엇보다도 우리 앞에 주어진 삶의 조건과 시간의 역행은 다름 아닌 우리들의 의지와 시간 활동에 따라 얼마든지 변혁되고 개선될 수 있다는 것을 굳게 믿고 있는 까닭이다.

김형식은 지금 자신이 "바늘귀를 빗나간 실처럼 허공에 떠 있다"(「바늘구멍에 대한 기억」)고 말하고 있다. 또한 그 자신이 "길"이 "끊긴" "깜깜 벼랑 끝"이나 "혹은 까마득한 하늘"(「길」)에 위치에 있다고

117

믿고 있다. 하지만 그는 역설적으로 "잘못" "맛" "들이면" "죽어나가"기도 하는 "독"(「복」)이나 "결빙점 아래"의 깨질 듯한 "살얼음 위"에서 "먹이"를 구하는 "떠돌이 개"(「세한 풍경」)와 같은 생의 절박감 또는 상실감이 그의 시 작품을 지탱하는 근원으로 작용하고 있다. 특히 그는 모든 결핍이나 소멸은 새로운 약속이나 생성의 밑거름으로 반전된다는 것을 확신하고 있기에, "아득히 무거운/ 허공" 또는 그 "허공"을 "움켜쥔" "길의 무게"마저 기꺼이 "짊어지"(「눈물」)려는 눈물겨운 의지를 내보이고 있다.

이와 더불어 김형식의 시선은 자주 "정지한 듯 머물다"가 사라진 시간이나 "행방 없이" "보이지 않는 곳"(「해질 무렵, 강가에서」)이나 "끝없이 깊은 여백" 또는 "무엇 하나 건질 수" 없는 "빈손"(「초평지草坪池」)에 그 초점이 맞추어져 있다. 그러면서 우리가 탐색하는 미래적 세계 또는 도래해야 할 장래는 이미 구상한 기획의 한계를 넘어서는, "끝 모를 미궁의 어둠"의 "호명" 내지 "부름"(「산재정선병원」)에 응할 때 열린다고 넌지시 얘기하고 있다. 또한 뜻하지 않는 어떤 사태 또는 충격으로 인해 불가사의한 세계의 호출에 기꺼이 응답하고자 할 때 "가파른 절벽"의 "바위 틈"에 "안간힘쓰며 매달려 있"는 것 같은 과거의 무게로부터 "온 산"을 뒤"흔드는" "눈부"(「관계」)신 가능성의 세계 또는 순결한 장래의 전망과 만날 수 있다고 말하는 듯하다.

첫 시집 『바늘구멍에 대한 기억』을 상재하는 김형 시 시인은 기꺼이 "인간피라미드"를 기반으로 하는 "매스게임"의 "가장 밑자리"인 "등 받침"(「개미에 대한 기억」)이 되고자 하는 자세를 내보이고 있다. 특히 그의 "시"가 "소멸하는 목숨들의 먹이사슬" 가운데 "가장 밑자리"에서 그 "소멸의 실낱들"을 "배불리 먹고" "다시 목숨 일구는" "아득히 낮고 높은 시간"의 "밑// 밥이었으면"(「지렁이의 노래」) 하는 바람을 피력하고 있다. 그리고 이것은 "살아가는 동안/ 오래도록 폐허 사이에서" "스스로 허물어져 이"(「구절초」)루는 것들에 대한 무한한 신뢰와 확신에 다름 아니다. 또한 "알 수 없는 것도 위안이 돼 때로 눈감고 보냈던 세월" 속에서도 끝내 굴하지 않은 채 "불현듯" "은비늘을 번뜩이는 물고기 떼들"(「나는 그 강에 있었다」)과 역사의 도약 내지 비상을 맛보고자 하는 의지와 연결되어 있다고 할 것이다.

삶의 시선 020

바늘구멍에 대한 기억

초판 1쇄 발행 | 2006년 9월 30일
초판 2쇄 발행 | 2007년 11월 22일

지은이 | 김형식
편집인 | 박일환
편집주간 | 김영숙
편집부 | 한고규선 엄기수
펴낸곳 | 도서출판 **삶이 보이는 창**
등록번호 | 제18-48호
등록일자 | 1997년 12월 26일

(150-820) 서울시 영등포구 대림1동 929-5(2층)
전화 | (02) 848-3097   팩스 | (02) 848-3094
홈페이지 | www.samchang.or.kr

값 6,000원

ISBN 89-90492-35-1 03810